도레미파솔라시도

지혜사랑 307

도레미파솔라시도

김종겸 시집

지혜

시인의 말

공원에서 그네를 타다가
반동하는 힘이 아직도 내게 있음을 알았다
하늘로 멀리 오르다가
마침내 중심에 서 있는 지금,
다시 하늘로 날아오르기보다는
내려가는 비탈의 현기증을 생각하며
첫 시집을 엮는다

시는 내게 살아가는 힘이며
폐기물 딱지를 붙인 장롱처럼
자유로워지는 것이다

2025년 6월
김 종 겸

차례

1부

2부

3부

4부

5부

1부

· **일러두기**
페이지의 첫줄이 연과 연 사이의 띄어쓰기 줄에 해당할 경우 >로 표
시합니다.

꽃샘추위

여보,
이거 한번 읽어 봐
아내에게 툭 던진 시

들릴 듯 말 듯 지나가는 바람 소리,
시에서 쌀이 나와 돈이 나와

목련 꽃잎이 주눅 들었다

그래도
살아보겠다고 펄쩍펄쩍 뛰는
저것들

양파

베란다를 정리하는데
검정 봉지에서 새싹이 파릇파릇 삐져나왔다

제 몸을 양분 삼아
싹을 틔운 양파

성한 살이 남아 있나 싶어 벗겨보니 물컹한 가슴뿐

다 내어주시던 엄마,
나는 엄마의 살과 피를 먹고 자랐지
엄마 냄새를 더듬는 동안
아내가 양파를 된장찌개에 넣었다

보글보글, 단내가 난다

염소탕

살코기를 양념에 찍어 먹다가
문득, 서글퍼지는 것이다

초원의 풀을 뜯어 먹으며 근육을 만들기까지
뜀박질을 한없이 했을 터인데,
되새김질도 수없이 했을 터인데

그 살을 먹으면 건강해질 수 있을까?
초원의 물소리도 들을 수 있을까?

염소탕을 먹고 만든 근육은
단단한 세상을 향해
박치기를 날리려는 것이 아니다

비축해 두었다가
초원에 그림 같은 집을 짓고 싶었던 것인데

탈이 났는지
배에서 물 흐르는 소리,
밤새 들렸다

야아옹

아가야, 얼른 와 밥 먹자
야옹 야아옹

지난여름 창고에 외눈박이 고양이가 새까만 애기 둘을 데리고 전전세로 들어왔다. 가끔 남은 고기를 던져주고, 새끼 고양이와 마주치면 슬쩍 피해 주었다. 어느 날 뜰팡 가장자리에 누워 있는 어미를 보고 경계심을 풀었는가 했더니 몸뚱어리를 맡기고 가버렸다. 몇 번 마주친 것이 고작인데 저를 책임져줄 것이라고 믿기나 한 듯

애기를 두고 가는 눈,
얼마나 부릅떴을까?

새벽녘 전화기 너머 딸의 울음소리를 듣고 두 시간을 달려 딸에게 다녀왔다. 대성통곡하는 딸이 눈에 밟혀 잠잘 수가 없었다.

야옹 야아옹
잘 살아야 한다

변방에서

드라마 '대조영'에서 거란족의 수장이었던
김동현의 대사에 변방이라는 말이 나온다
변두리에 살 때 이 말이 확 들어왔다
가수 조영남이 불렀던 '모란 동백'의 가사에도 변방이 나
온다
그래서 이 노래를 자주 듣는다

변방에는 차가운 바람이 쌩 지나가고
알고 지냈던 여인이 쓸쓸히 걷고 있을 것 같은 생각,
난 이 단어가 아련해서 좋다

어느 날은 버스정류장을 지나쳐 낯선 마을에 내렸는데
가을 들판에서 피어오르는 연기를 바라보는 맛이
쏠쏠하기도 하였다

소도시에 거주하며 광역시로 출퇴근하는데
어쩌면 여기가 변방이구나 생각하다가도
가끔은 기차를 타고
변방을 벗어나는 맛이 좋기도 하다

기계가 소리치다

목수는 큰소리를 내지 않는데
기계들이 문제였어요
사람 눈치를 보지 않는 기계들은 막무가내예요

콤푸레샤가 헐떡거리며 폐활량을 늘리고 있어요
줄어들면 늘리고 줄어들면 또 늘리고
중요한 얘긴데요, 콤푸레샤의 폐활량 덕에 아파트가 서
있는 거래요
한번은 일 끝나고 전기 코드를 뽑지 않아서
콤푸레샤가 새벽에 혼자 일했나 봐요
아파트 주민들의 꿈을 한 방에 날려 보냈다네요
현장은 아수라장이었죠
기계는 사람 눈치를 보지 않는 게 분명해요

절단기가 나무를 자르고 있어요
나무 종류에 따라 내는 소리가 달라요
톱밥이 레이저 불빛에 발갛게 범벅이 되었네요
시끄럽다고 민원이 들어옵니다
우리는 조용히 일했다니까요
기계가 소리친 거예요

대천해전

대천 앞바다로 주꾸미 낚시를 갔다
금어기가 끝나고 첫 조업이라
배가 떼 지어 몰려들었다

공격 명령이 떨어지자
학익진 형태로 출정하는 배들,
심오한 다짐이 소용돌이치며 바닷물을 뒤집었다

형광색으로 위장한 미끼를 던졌다
부싯돌 같은 신호를 기다릴 때 팽팽하게 당겨진 낚싯줄
너머
용궁 문지기들의 군가 소리가 들리는 것 같기도 하고
떠들썩한 오일장 소리가 들리는 것 같기도 한데

배들이 살금살금 기어 다니며
사투를 벌이다 보면 낚싯줄이 파르르 떤다

옳거니, 주꾸미가 올라탔구나

나도 중고다

중고 연장을 샀다.

가끔 쓸 연장이라서 굳이 새것이 필요 없었다. 원하는 만큼의 성능만 발휘하면 된다. 우리가 사는 세상도 중고투성이, 수돗물도 중고다. 햇빛도 중고다. 일억 오천만 킬로미터를 거쳐오면서 각이 꺾여 식을 대로 식어버렸다. 하지만 낡은 것이 세상을 따뜻하게 한다. 낡은 바람이 앞산 참나무를 흔들어 깨우고, 들녘의 미루나무를 어루만지다가 내게로 와서 땀을 식혀 준다. 그래서 나도 중고다.

오늘도 옛사람들의 생각을 따라다니며 중고를 탐했다.
어느 마을에서 오백 살 된 단풍나무와 악수했는데
중고의 숨소리는 향기롭기만 했다.

고물상에서

일터에서 가끔 고철이 나온다
창고에 모아 두었다가
양이 차면 고물상에 내다 파는데
이런 날이면 동료들과 회식을 한다

솔찬한 고물값에
평소보다 큰소리로 주문하면서
고물상 아주머니가 자꾸 생각나는 것이었다

누렇게 뜬 아주머니는
정신이 반쯤 나간 모습이었는데
그래서 고물값을 많이 쳐준 것인지
미안하고 안쓰럽다

아주머니, 요즘 경기는 어떠세요?
일이 좀 시원찮네유
여긴 유난히 더운 것 같네요
말 마유, 바닥은 콘크리트지, 사방이 고철 덩어리잖유?
복사열에 확 돌아버리겠당게유

얼마나 더웠으면 목소리까지 떴을까

>
그날 나는
집에 일찍 들어왔다

방언

알아들을 수 없는
이방인의 말을 하는 사람이 있다
신들린 듯 부들부들 떨며
오로지 하나님과 교감하는 사람,

얼마나 믿음이 강하면 하나님의 언어로 기도를 할까
그의 소망에 응답하듯
한 줄기 빛이 내려온 것도 같은데

나도 하늘에 올려보낼 소리를 찾느라
끄적거려 보고 읽어보고 기도해도
방언은커녕 목메는 소리만 나온다

가슴 절절히 울어줄 나만의 시는
언제 나올 것이냐

엉큼하게

고추를 심었어요
정성스런 보살핌에도
자리 잡지 못하고 누렇게 뜨더니

오랜만에 찾아간
농막,

제 몸보다 큰 고추를 매단 채
눈 내리깔고 서 있지
뭐예요?

도르르

토마토 어린 모를 텃밭에 심었다. 뿌리에 달라붙은 모종의 언어가 한 삽 푹 파낸 내 머리통과 내통했다. 틈만 나면 물 주고 거름을 주었다. 도르르 굴러다니는 말만 하며 살게 해달라고 기도했다. 무릎까지 커 올랐을까? 가지치기하고 지주목을 세웠다. 방울토마토가 열리기 시작하고, 장마가 지나갈 때 빨간 바람이 도르르 구르는 말을 내뱉었다.

해 질 무렵, 갈라 터진 토마토가 나뒹굴며 시비를 걸어왔다. 네가 나를 알아? 빨갛게 익혀 죽이려고 환장했구나? 아주 빨갈 때 따면 이미 늦는 거라고, 불그스름한 빛을 띨 때 따야 제대로 익은 맛을 볼 수 있는 거라고,

친구가 찾아와
야, 토마토 참 맛있다

달짝지근한 말이 도르르 굴러다녔다.

장마

천둥 번개가 몰아치며
가난한 구름은 물러설 기미가 없었다
품속으로 파고드는 아이를 꼭 껴안으며
어미는 애가 탔는데

살벌함이 재단되어 있는 공사현장
풀과 물을 적당히 통에 넣고
마구 돌려 섞는 것은
찰지게 달라붙어 살자는 은밀한 주술이었다

골고루 풀칠한 벽지를 척척 접어
천정에 올려붙이고 솔로 쓱쓱 밀다 보면
어느덧 안개 걷히고 아이의 웃음소리,
맑은 하늘길이 쨍하게 열리고

벽지에 꽃이 피며
느슨했던 시간도 팽팽해진다

멍키 스패너

믿음이 가는 수공구가 있다
연장통에서 우두머리인 멍키 스패너다

요즘 잘나가는 임팩렌치는
힘 덜 들이고 일할 수 있지만
밧데리가 떨어지면 무용지물이다

그래서 세월도 저만큼 떨어져 지켜보는데

멍키 스패너는 수도꼭지를 교체할 때나
볼트를 조이고 풀 때도
제 몸으로 일한다

시켜도 할 줄 모르는 사람
할 줄 알면서도 안 하는 사람이 있는데
알아서 최선을 다하는 사람,

나는 오늘 그 사람과 술을 마신다
입맛에 짝짝 맞는

안경 너머

장미꽃이 꺾였다
피가 담장에 흥건했다

현장감 있는 사진이야말로
완벽한 작품이 될 수 있다는 노 사진작가의 말처럼
장미는 꽃잎을 곱슬곱슬 키우며
완성도 넘치는 오늘을 지었다

장미는 수평에 이르기까지
많은 시행착오를 겪었다

안경 너머에서 지켜보던 그녀가 밖으로 걸어 나오며
또렷하게 말했다

울타리에 의지해 사는 것이
당신의 불행이라고

* 장미는 나이고 파도는 세상이고 현실이다

놀 궁리

팔뚝 근육이 느슨해진 오후의 공사장,
무딘 창문으로 놀 궁리 그만하고 공부하라던
엄마의 말이 꾀꼬리 울음소리처럼 들렸던 거야

그때, 하라는 공부 안 했기 때문에 지금 좀 편한 거지
만약, 펜을 잡았더라면 머리에 쥐가
서너 마리는 돌아다녔을 거야

친구와 한잔하며 감정을 이월시킨 날
전화기 너머에서 놀 궁리 그만하고 들어오라는
아내의 잔소리가 십 리 밖까지 쫓아오는데

돌아가려는 친구의 목을 휘어 감아
놀 궁리 마을을 찾아 헤맬 때
그곳엔 별이 박하사탕처럼 박혀 있고

놀 궁리 그만하고 공부하라던
엄마 별도 훤히 보이고

조연

택배가 왔다
여기저기 상처나 있는 박스를 뜯었다

뽀얗게 드러나는 상품과 달리
바로 내쳐지는 박스

훅 집어 던져져 아무렇게나 쌓인 박스 더미,
불어 재끼는 바람에 기대어
확, 싸질러 버릴까
성깔대로 살고 싶다가도

자기 몸으로 포장해 주연을 돋보이게 하는 조연처럼
살아가는 내 이웃들,
그들도 엄마의 품속에서는 주인공이었다

재활용품이 되어 다시 태어난대도
스스로는 언제나 주인공이다

2부

벚꽃 필 때

종달새가 포탄을 물고 있지
날아다니는 것은 모두 포탄이 될 수 있어
포탄은 여기저기서 터지고 있지

아버지는 육이오 참전용사였지
포병이었어
올해도 아버지 무덤가에 포탄이 떨어졌는데
엄마는 아버지가 용띠였다고 자랑스럽게 말하더군
그가 쏘아 올린 포탄이 지금 떨어지는지도 몰라

벚꽃 필 때면
나는 나들이 인파의 행렬 속 고아가 되어
질질 울고 다니는데

먼지의 수다

죄를 짓지 않았는데도
큰 소리에 잘 놀라는 먼지는
자기가 주범이라고 자백할 거야
마루 귀에서 슬금슬금 기어 나와 춤추는 먼지를 봐
존재를 까발린 먼지가 도로를 활보하고 있군
서로 스타가 되겠다고 달 주위를 도는
먼지들의 흑심
작업복을 벗을 때 펄쩍 뛰어내린 먼지를
뒤꿈치 들고 따라가면 자기가 주인인 듯 거들먹거리더군
안경에 뽀얗게 내려앉은 먼지가 세상을 보고 있어
몸을 털어봐, 먼지는 방안에 가득하지

일이 끝났는데도
망치소리로 따라와 수다 떠는 먼지를 봐
사는 일은 먼지를 피우는 일이었어

궁금하다

한적한 공터에 버려진 장롱이
꽃망울 터뜨리는 목련꽃을 멀뚱히 바라본다
부럽다는 말조차 바짝 말라버려
까끌까끌 터진 모서리,
이마엔 가격표 대신 폐기물 딱지를 붙인 채
문짝의 나뭇결이 그렁그렁 울고 있다
가슴팍에는 살 냄새가 가득 숨 쉬고 있을 것이다
좀약 냄새처럼 썩지 않는 슬픔이 들어앉아 있을 것이다
멀뚱히 서서 벙그는 목련꽃을 부러워하다가
꽃잎 떨어질 때의 처절함은 어떻게 받아야 할지
이 봄, 나이테를 어떻게 새겨야 할지

덤벙덤벙한 발자국에
어떤 인연이 돋을지 궁금하다

물렁해지기

몰탈시멘트를 급히 반죽하다가 물컹하게 되는 것을 보고
시멘트 원액임을 직감적으로 알았다

문턱 떼어낸 자리에 미장을 했다
몇 군데 더하고 돌아서니 금가기 시작하는 바닥,
시멘트는 물과 모래가 섞이지 않으면
쉽게 금이 가고 강도가 떨어진다

앞뒤 가리지 못하고 일할 때가 있었다

너를 사랑하는 일도 그랬다
강한 성격으로 잦은 다툼이 있었고
헤어지기를 몇 번,

이제는
눈만 봐도 당신을 읽는다

그래서일까요

이른 아침 일터로 가는데
은행나무가 똥을 한 무더기 싸놨습니다
삽으로 한 번에 떠서 치워달라는 것처럼
여기저기 흩어지지 않고 한군데 모여 있습니다
그 옆에서 깡마른 노인이 손수레를 끌며 힘을 다하는데
겹겹이 누운 박스 더미가 위태롭습니다

간밤에는 첫서리가 내렸나 봅니다
은행잎이 반짝반짝 빛나며 김이 오르고 있습니다
추운데 옷을 벗는 나무를 보면
다친 상처에서도 서리꽃이 핍니다

그래서일까요?
오늘 일당은 껍질이 얇아도 좋겠습니다

신발에게 길을 물었다

식당에 들어서는데
신발이 아무렇게나 포개져 있다

신발에 페인트가 묻어 있으면 페인트공이고
백시멘트가 묻어 있으면 타일공이며
본드가 묻어 있으면 도배공일 터,
목수의 신발은 그래도 깨끗하다며 들이미는데
굽이 닳은 운동화가 왜 건드리냐면서 콜록거린다

신발장에 들어가지 않고
낮은 곳에 엎드려 살겠노라며
이곳저곳 누비다가 여기까지 왔다

복사꽃 피면 쉴 수 있을까
정년이 한참 지난 신발에게 길을 물었다

지구본

지구본을 바라보던 그녀가
어디든 가고 싶다며 남쪽으로 발을 뻗었다

힘겹게 살아온 걸 알기에
비위를 건드리기 싫었다

분을 못 이긴 그녀가 발길질을 하자
한 번도 가지 못한 한라산이
하얗게 울었다

나는 침실의 규칙을 여러 번 어겼다
그녀에게 애원하는 손이 커질수록
나는 오른손잡이므로 서쪽의 파도를 두드렸다
그럴 때마다 포말처럼 부서지는
가냘픈 어깨

우린 좀처럼 말이 맞지 않았고
나는 등을 돌려 동쪽을 바라보는 날이 많았다

간절하게 소원을 빌었다

북극에서 따뜻한 바람이 불어오고
꽃이 피기 시작했다

농소리에서

논두렁을 걷다가
똥이 마려워
덤불 속으로 뛰어들었어요

우르릉 꽝!

갑자기 천둥이 치는 줄
알았지요

하늘을 올려다보니
쏟아지는 햇살,

덤불이 그물처럼 보였어요

쭈그리고 앉아있는 모습이
그물 속 물고기처럼 파닥파닥,
거렸어요

농소리에서 베드로와 요한은
예수님을 만났지요

유쾌한 유배지

비행기를 타고 서쪽으로 해를 따라가다 보면
미지의 세계가 있다
미지의 세계는 시계도 거꾸로 가서
어제가 발목을 잡았다

간밤에 무슨 일이 있었나?

추위는 흉터 있는 손가락에만 머물렀으므로
나는 그곳에서 새살이 돋기를 원했다
미지의 세계로 건너오는 동안 봄은 순식간에 스쳐 지나
갔다
여기는 여름이고 거기는 겨울이었다

분명 해를 따라왔는데 미지의 세계는 아침이고
비키니를 입은 여인들이 각선미를 뽐내며
야자나무 그늘에서 춤을 춘다

검은 선글라스를 낀 나의 부족은
남녀 할 것 없이 멀뚱멀뚱 혹은 멍청히
남태평양을 곁눈질하고 있다
나는 색안경을 끼지 않았으므로 어지럼증을 호소한다

>
우리는 아주 잠시 유쾌한 수명이 늘어났고
썸머타임은 시작되었다

꼬락서니하고는

목이 긴 티셔츠를 입을 때
어디가 앞이고 어디가 뒤인지 헷갈릴 때가 있다
분명 앞으로 입었는데 뒷걸음질 치는 듯하고
뒤로 입었는데 앞으로 나아가는 듯 착각하기도 한다

건축업자를 귀인처럼 믿고 따르며 일했다
싸게 일하다 보니 늘지 않는 도움닫기

현장이 늘어갈수록 옷에 박힌 가시처럼
까끌까끌하게 밀리는 임금, 얼핏 봐도 대문짝만한 허물
아예 문짝을 열어젖히고
환한 곳에서 가시를 빼내 고쳐 입다 보면
더 보여줄 것도 없는 살림살이,

허겁지겁 술을 마시고
말들이 옆으로 헤엄쳐 가는 날이면
싫은 소리 못하고 뒷걸음치다가
축 늘어진 티셔츠의 모습으로 집에 왔을 터인데
다음날 아무렇게나 벗어 놓은 허물을 바라보고
지난밤의 상황을 짐작하면서
아파트 화단에 쭈그리고 앉은 팻말처럼
아내가 보인 것 같기도 하고,

늘어진 옷을 입었다고 핀잔한 것 같기도 하고

그깟 돈이 뭐라고,

주섬주섬 허물을 주워 입으며
부르자마자 아침밥을 먹는 꼬락서니하고는

오늘은 밀린 임금을 받기 위해
햇살을 깔고 누워야겠다

멀미

시골 버스는 아스팔트 길을 달려도
유난히 흔들거린다
고불고불한 길이 산으로 이어졌기 때문인데
차와 한 몸이 되어 밖을 내다보면
들판 끄트머리
발정 난 상수리나무가 손을 흔든다

누굴 애타게 기다렸을까?

유난히 더워 아랫도리가 서지 않던 여름
질펀한 생각을 깡다구로 해가며
저 홀로 숲을 이루었는데

그 숲의 그늘
카메라 렌즈 앞에 서성이다가
속마음 들켜 저 혼자 붉어진 것인데

이번 정류장은 왕대고개입니다
다음 정류장은 농소리입니다

빳빳한 도로를 이리저리 흔들며 집으로 간다

구원

갤러그를 마구 쏘아 댔다

그 총알이 하늘로 올라가 별이 되었는데 밤마다 하나님은
별을 정리하느라 바쁘시다

가끔
모양새가 좋지 않은 것은
버리기도 하신다

목수들

벽에 먹줄을 띄우며
수평선을 만드는 사람이 있다

수평선이 왜 촌구석으로 왔는지 생각하며 땀을 훔치는데
그 짠 것이 눈으로 뛰어 들어와
발을 헛디딘 심 씨가 사다리에서 떨어지고 말았다

아픈 곳은 없는지, 부러진 데는 없는지
생수 한 모금 먹이며 토끼눈을 뜨는데,
심 씨는 수직과 수평이 만나는 구석으로 가더니
담배를 한 모금 빨며 씩 웃는다

심 씨는 순간, 찰랑찰랑한 고향 바다를 떠올렸을 것이다

수평으로 나누어진 천장과 벽 사이로
해가 뉘엿뉘엿 지는데
심 씨는 붉은 백열등 아래서 새로운 수평선을 만들고 있다

이마에 거나하게 떠오르는 해같이
환해지는 주점 분위기

잠시 비틀거리다가도

술잔에 둥둥 떠다니는 수평이 균형을 잡고 일어선다

내일은 어디에 먹줄을 튕길까

이봐요

망치질할 때는 왜 몸을 쭈그리고 치는지 아세요?
상체를 목표물에 바짝 붙일수록 빗나가지 않거든요
늦은 시간에는
왜 더 바짝 붙여야 하는지 아세요?
내려치는 사람이 조금이라도
진동을 흡수해야 시끄럽지 않거든요

바짝 마른 가슴에 망치를 가둔 채 내리쳐도
세간살이가 흔들리고
흐릿하게 새어 나가는 소리,
망치는 참 미안한 소리를 내요

누군가는 잠을 깨고
누군가는 저녁을 먹을 시간,
또 누군가는 이사 갈 준비를 해요

망치는 살살 내리쳐도

누군가는 문을 두드리죠,
이봐요

못

인부들이 우르르 담배 피우러 나가고
아무렇게나 포개진 박스 더미에 나도 포개진다

바닥에 널브러진 자재 사이
땀범벅 된 몰골을 빤히 올려다보는 못,
찬찬히 안경 너머로 내려다보는데
비아냥거리듯 다리를 꼬고 누워 있는 꼴이
영락없는 양아치다

어디서 철거되어왔는지
어느 벽에서 액자를 모시다 왔는지
독기를 내뿜으며 반쯤 닳은 대가리를 들이대는데

어디서든 진득하니 잘 살라고
휘어진 다리를 망치로 툭툭 내리쳤더니
관절의 통증이 내 손가락으로 전해져온다

연장통에 집어넣는다,

머리통 세게 얻어맞더라도
다음에 제대로 한번 붙어보자고

봄이 쉽게 올 리 없다

봄비가 맨땅에 머리를 부딪고
또 부딪고 나서야 조금씩 흔들리는 땅

흥건히 고인 피로 인해
양수가 터지고, 아지랑이가 피어오르고
뽀얀 얼굴을 내미는 새싹

첨벙첨벙 밟히는 웃음소리에
새싹이 돋고, 나비가 날고
바람 부는 길이 외롭지 않은 건
피 흘린 봄비 때문인 것이다

머리를 부딪쳐 노래를 불러보라
노랫소리에 하얗게 떨어지는 꽃잎
시궁창 속으로 흘러가는 햇살
뱀이 웅크리고 있는 터널을 지나서,
아직 꿈꾸는 방을 지나서

아궁이에 지핀 불씨가
들판을 푸르게 적시고 있어

따로국밥

소문 따라 찾아간 국밥집
길게 늘어선 순례자의 행렬에
빼도 박도 못하게 끼었다

햇살이 얼굴에 까만 똥을 싸며
플라타너스 꼭대기에서 하염없이 기도하는데
삼십 분을 기다려 겨우 앉은 자리
소국밥과 따로국밥이 오백 원어치의 자리다툼을 한다

따로국밥을 시켜놓고
혼자 4인 상에 앉고 보니
누가 옆에 앉아줬으면, 눈치 보며 밥을 말아먹는다
따사로운 햇살이 은근슬쩍 깍두기를 얹어주며
어차피 말아먹을 거면 그냥 국밥을 시키지,

식탁에 파인 상처를 보며
이미 왔다 간 사람들도 그랬을까,
피식 웃는다

싱거운 웃음처럼 멀건 국물,
고추씨가 둥둥 떠다니는 하늘이다

3부

수담 9
— 호구 2

아내와 늦은 저녁을 먹는데
친구들이 여럿 모였다고 전화가 왔다

나를 생각했다는 것이 고마울 뿐이었다

아내의 만류를 뿌리치고 나가서
술값만 계산하고 왔다
노래방비도 냈다

카드 영수증을 본 아내가 버럭 화를 내며
술을 처먹을 거면 처음부터 같이 먹든지

당신은 호구야
이 등신아

수담 10
— 복기

땀범벅이 된 몸뚱어리
수증기처럼 피어오르는 먼지로 샤워를 한다
살면서 먼지 안 피워본 사람 있는가
먼지를 일으킨다는 건 살아가고 있다는 것,

먼지는 지나온 발자취를 켜켜이 쌓아
스스로를 시멘트처럼 단단하게 만들었는데
다시 파헤치다 보면
가슴속에서 끓어오르는 소리
쿵쿵 들린다

끊어질 듯 아픈 허리를 땅바닥에 앉히고
가만히 귀 기울이면
열심히 공부하라는 엄마의 말이 들리는 것 같기도 하고,

뉘엿뉘엿 해는 지는데
성급하게 착수한 바둑돌이 힘겹다

수담 13
― 월계관

변동초등학교 운동장에 갔다
축구공이 내게로 굴러왔다
천원*에서 변으로 온 힘을 다해 공을 찼다
골대 속으로 빨려 들어가는 나,

겨우 장만한 아파트
바람 속에서 향기가 났다
돌아보니 등나무가 운동장을 떠받치고 있었다

* 바둑에서 바둑판의 중앙

수담 15
― 곤마 困馬*

공사장을 누비다 보면
못 보던 돌멩이가 굴러다닌다

들꽃을 보듯
한참을 내려다보는데

넌지시 건네오는 말

시멘트에도 섞여들지 못하는 나,
그냥 밟고 지나가시오.

* 1. 지친 말
  2. 바둑에서 살기 어렵게 된 돌

텔레비전을 털었다

젊은 가수 지망생이 트로트를 부른다
구성지고 맛깔나게 꺾어 돌아갈 때
아내에게 간식을 바친다
과자 부스러기 같은 웃음소리가
거실 바닥을 비비더니 벽을 타고 오른다

엑스트라처럼 개가 코를 킁킁거리며 지나가는데
의도와 상관없이 주인이 낚아채 가버렸다

나도 텔레비전을 털었다
무리에서 떨어진다는 것은 강자의 밥이 되는 것
밥상에 조연으로 올라오는 반찬처럼
허무한 하품이 팽팽한 낚싯줄에 긴장하는데
운 좋게 잡아 올린 참돔이
가물가물한 기억에 침을 고이게 하자

한 움큼의 풍경이 입을 파닥였다

황금산*에서

황금산을 뒤졌다
금맥을 찾아 등산로가 아닌 곳도
은근슬쩍 넘어가 봤다

황금산은
황금이 아닌 하얀 몽돌을 품고 있었다

돌을 디딜 때마다 달그락달그락 라면이 끓는다
데워진 몽돌에
파도가 달걀을 푸는데

바람이
동그랗게 썬 파를 내려놓고 간다

* 서산 해안가에 있는 산으로 몽돌해변을 끼고 있다

고봉밥

소파에 앉아 책을 읽는다

스르륵 눈이 감길 때쯤엔 누워서 읽는다

하품하는 입속으로 문자들이 와락 뛰어들었다

입 안 가득 문자들을 오물오물 씹는다

아버지

아버지를 아버지라고 불러본 적이 없다

홀딱 벗고 뛰어놀던 다섯 살의 어느 칠월
아버지는 하늘나라로 올라가셨다

아버지가 내 입에 사탕을 물려준 건
초등학교 여름방학

"맴맴맴맴 매미 소리가 즐겁게 퍼질 때 성경학교 기다리
는 곳"

그곳에서 아버지를 처음 불러봤다

사탕을 주시는 아버지가
거기 계셨다

갱년기

저녁밥을 먹고 난 뒤 사과를 깎고 있는 아내 앞에서
무릎 꿇고 사과를 한다

무엇을 잘못했는지 알지 못하는 사과 껍질은
두껍게 반쯤 잘려나가고
시시콜콜 화를 내는 것이 안쓰러워 무조건 사과를 한다
사과를 한 입 베어 문 아내의 혀에서 사과가 도르르 굴러
나왔다

이 도둑놈아

안절부절, 거실 바닥을 굴러다니던 사과가 주방으로 갔다
무엇이 대수냐는 듯 당차게 설거지를 한다

전기공의 사랑

전선의 피복을 까고 스위치에 연결한다

전원을 올리기 전에는 전기가 통하지 않는 남이었다
지금, 전등 스위치를 올리는 것처럼
내가 너를 찍고 사랑을 끼웠을 때
온몸에 전기가 퍼졌는데,

천정이 이토록 환한 것은 일당 때문이 아니라
아직,
네가 곁에 있기 때문이다.

O2린

식당에서 밥을 먹는데
성난 그녀의 송곳니가 목을 응시한다

고삐 풀린 망아지처럼
어둠은 갈증을 불러오고
먼저랄 것도 없이 한잔 두잔
앞서거니 뒤서거니 산을 오르는데
그녀에게 정치 얘기도 바치고
올라가는 기름값도 바치고
기억에도 없는 시 얘기도 바쳤겠지만
그녀는 눈길 한번 주지 않았다

이슬을 밟고 도착한 정상
마스크 쓴 차들만 둥둥 떠다니고
유혹하던 그녀는 온데간데없는데
난, 여기에 왜 있지

산소가 부족하다.

엑스레이 촬영실에서

순간의 빛이 몸속을 통과해 금간 갈비뼈를 찾아낸다
맘도 찍힌 것일까?
쭈뼛쭈뼛 아픔을 애써 참아보는데
널브러진 공사현장이 온통 신경 쓰였던 것이다

지난가을 촬영실 벽체에 납을 붙이며
무거운 것을 몸에 지녀야 한다는 것이 안쓰러웠는데
납을 구석구석 펴 넣고 정성들여 석고치고 도배해줬는데
공사비를 못 받고 있는 것이 슬펐던 것이다
납의 무게만큼 퍼붓고 싶은 마음을 찍은 것일까?
모질지 못한 갈비뼈가 더 아픈 것이다

겉옷 죄다 벗고 강력한 불빛에
나약한 맘까지 보여줘야 하는 서툰 삶처럼
추스르면 다시 일어서겠지만

불씨도 모아줘야 오래가듯
풀어헤친 가슴팍을 압박붕대로 여미며
추위를 견디는 아픈 가지 끝
옹이 하나 만들고 있다

바비인형

해머 드릴이 벽을 헤집고 있다
금간 벽 사이에 둥지 튼 푸른 이끼들이
안 떨어지려고 안간힘을 쓰다가 풀썩 주저앉는다

팔다리가 부들부들 떨리고
헉헉거리는 숨소리가 들리는 듯
곪은 가슴팍이 단단한 벽과 대립하면서
사정거리에서 벗어나는 초점,
튕겨 오르는 시멘트 파편이 얼굴을 때린다
망치로 내리쳐야 떨어지는 것들의 고집스러움도 잠시
웅성거림 속에 철근이 뽀얀 얼굴을 내밀면
덜 깬 모습으로 잘 다녀오시라고 인사하는 딸처럼
이른 봄 자잘하게 부서지는 햇살

기계의 열기가 먼지를 모으고
소용돌이치는 블랙홀 속에서
햇빛이 파벽을 향해 시위를 당기는데
저만치 나자빠진 폐 콘크리트 덩어리를 바라보노라면
어느 행성의 보석이었나,
허공을 유영하던 파편에서 반짝 빛이 난 것도 같은데
길거리에서 건들거리는 양아치 같기도 해서
함부로 대드는 삽질이 서글프기만 하다

\>

칼칼해지는 목에 그늘이 들고
가슴속 한숨 소리가 철커덩 발 앞에 떨어지면
그래도 이것들 환한 웃음소리가 자꾸만 밟혀
밖에 나가 맞서는 바람이 그렇게 맛있을 수가 없다

들숨보다 날숨이 많아지는 날엔
벽 속에서 바비인형이 나오고
어린 새싹이 나온다.

중고서점에서

까까머리 문자들의 초롱초롱한 온기가
작업복 차림으로 들어서는 나를 온몸으로 반겨주던 날
가려운 문장들이 등 비비며 곧추서서 빨리 읽어달라고 아
우성인데
공부 좀 한답시고 비아냥거리듯 턱을 괴고 쳐다보는 전문
서적 문자들

자, 어디 보자

콧수염이 삐딱한 능글맞은 부장 선생님도,
꼼지락거리다가 죽은 척 뒤집어지는 바퀴벌레 같은 새침
데기도
아쉬울 것 없이 가슴을 다 보여주는데

사라질 뻔한 책은 별나라에 다녀온 뒤로 겁이 없다
들러리로 책꽂이에 서야 한다면 들러리 별들도 있겠지
광활한 우주의 머릿속에 들어갔다 나온 것들은
모여 사는 것도 반짝반짝 추위를 이기는 방법이란 걸 안다

횡단보도에서
호들갑스러운 녹색 배설물에 깔려 주눅 든 뒷모습을 보고
곰팡내 피우지 말고 살자고, 오늘은 춥지 않다고 별들이

속삭인다

알라딘 중고서점의 액자에는
이 광활한 우주에서 재탄생의 희열을 맛보는 것은
이미 사라진 책을 읽는 것이라고 쓰여 있다

불면의 밤은 길다

주저앉기 위한
오후의 일상이 다리를 주무르다 말고
두 다리를 끌며 태양의 터널로 향했다
고성능 밧데리를 장착한 이정표는 하늘로 솟구치기도 하고
땅속으로 꺼지기도 했다

퇴행성 관절은 서해대교를 달리던 중
꿈인 듯 현기증을 느끼며 탄성을 질렀다

살이 통통 오른 침대가 매끄러운 다리를 더듬는다
오르가슴은 피사체보다 어두운 불면의 벽 속에서
연골을 캐낸다
순간, 다리를 감싸고 있던 내복이 벌떡 일어난다
좀 쉬어야 한다고, 안개가 창밖을 서성이다가
넌지시 뒤돌아 포옹을 한다

또다시
주저앉기 위한 오후의 일상이 다리를 주무르다 말고
두 다리를 끌며 태양의 터널로 향했다

저 멀리
쭈그리고 누워 있는 노인의 다리는

그늘을 산처럼 만들고 있다.

금성산성에서

옹이처럼 박힌 짱돌이 시퍼렇게 날선 것을 보면
오르면서 만났던 옛사람들의 피비린내 나는 절규가
아직도 산성을 어우르고 있는 것인데,
힘들다고 돌 굴리지 마라

오늘처럼 비가 오는 날
어디가 길이고, 어디로 가야 할지 알 수 없을 때
힘들다고 돌 던지지 마라

계곡을 따라 내려가다 보면
작은 길이 보이고 돌에 맞은 단풍의 새빨간 절규가
강천산계곡으로 흐르면서 물빛도 시름시름 앓고 있는 것
인데,

어쩌면 저리도 아플까, 말하지 마라

건망증

전기면도기가 작동하지 않는다
뒤통수를 툭 치면 돌아간다
조금 깎다보니 또 멈춘다
툭 치면 돌아간다

이번엔 꺼지지 않는다
툭 치니 꺼진다

이러다 오래 못 가겠어

무엇을 가지러 왔는지 기억나지 않는다
우두커니, 한참을 생각하면 기억이 난다

이러다 오래 못 가겠어

4부

연장의 유영

연장을 수리하는데 스프링에서 나사가 튕겨나간다
날개를 달고 새파란 가을하늘을 유영하던 나사는
풀섶에 떨어졌는지, 어느 길가 모퉁이에 숨었는지
하루의 품삯을 앗아가고 말았다

고단한 시름을 애써 참으며
있어야 할 자리에 꼭 있으라고 연장을 보듬는다

덜컹거리는 차에 실려 현장을 누비며
때깔고운 일당을 손에 쥘 때
같이 아파하고 행복했던 순간순간
허투루 튀어 오르지 않게 다독거리며
아이들 대학까지 잘 가르쳤는데,

오후의 햇살이 삐걱거린다

가려움

가려운데, 정말 가려운데 어디가 가려운지 모를 때가 있다
몸 구석구석 빨개지도록 긁다보면 가려움이야 등허리를
기우뚱대며 시원찮게 가시겠지만

살면서 가려운 곳이 어디 한둘이겠는가

가려운 곳을 알면서도 긁지 못하는 날개를 생각하며 어처
구니없는 작은 진화가 심장을 관통하는 문장을 찾지 못해
안달하는 고추잠자리 촉수 같은 가려움처럼 조금씩 누군가
에게 기대고 싶어져서
갈대의 똥구녕 같은 허구를 긁어대고 싶은 것이다

어디가 가려운가?

그대여, 겨울의 길목에서 도꼬리 속에 감춰진 고구마 통
가리를 긁어대고 있지나 않은가
가려움은 허기가 되고 먹어도 먹어도 채워지지 않는 허
전함이 되어 우리에겐 밤새 품어줄 그대가 필요한 것이다.

일요일 오후

노인의 어깨에 태양이 매달려 있다

몸을 바짝 낮춰야 만날 수 있는 것들은 지들끼리 놀고 상수리나무에 달라붙은 매미는 똥구녕이 찢어졌는지 잠시 조용한 틈에 상추도 심고 열무도 심는다

피곤한 노동일까?

농사짓는 것은 쉬운 일이냐고 후두두 등짝을 내리치는 소나기를 피해 감나무 밑에 들어서면 깻잎 냄새 가득히 불은 엄마의 젖도 있겠다

잡풀들만 우거진 텃밭에서 변변한 문장도 없이 생각을 말리는 일요일 오후, 햇살이 시끄럽게 쪼아댄다

곰소항에서

꼴뚜기 꽃게 대하 청어 숭어 새우 조기 감성돔
얽혀서 들어온다

풍어豊漁처럼 보이지만
시름도 가지가지

부지런히 가려내
새우만 소금에 버무린다

잡어들의 내장 덩어리는 바다로 던져지는데
깔깔깔, 갈매기 아줌마들의 웃음소리

온몸을 맞닥뜨리며 피고 지는 인부들 새까만 연기 너머
맛깔나게 곰삭고 있는 너,
잿빛으로 물들어간다

전기공의 하루

어여, 어야,

 시디관* 속에 전선을 집어넣는 전기공들의 목소리, 현장
의 아리아다 밀어주고 당겨서 콘센트로 가고, 스위치로 간
다 폭스**에서 갈라지는 전선은 색깔 별로 다른 운명이다

 일을 끝내는 시간은 전기보다 빠르다

 안전모를 벗으며 들숨과 날숨을 쉴 수 있는 머리는
이제야 도면을 이해하게 되었다

 함바집의 선풍기에서 불어대는 오야지의 악다구니는 소
주잔에 넘실대는데 천정에 얼크러진 전선들은 한 가닥씩
핏줄에 전기를 공급한다

 뜨거운 피가 벽 속에
거꾸로 솟아 흐르는 것이다,

 늦은 밤 그들은 환하게 불을 밝힌다

 * CD관, 벽이나 천장 속에 전기선을 넣는 주름관
 ** 전선이 한곳에 모여지는 곳

선풍기

빨려 들어온 공기를 회오리바람으로 토해내는 게 일이다
똑같은 바람은 노골적으로 더위에 덤벼든다

선풍기를 오래 쐬다 보면 시들해지듯
찔레꽃을 어우르던 사랑도 오래가다 보면 시들해진다
정해놓은 각도에 기준을 두고 살아가듯
선풍기도 절제된 동작으로 제식훈련을 한다

햇볕이 마르지 않는 마당
파이프 속의 바람은 후덥지근하게 다리를 감아오고
숙련된 동작은 똑같은 제품을 양산한다

쉼 없이 돌아가는 날개에 대고 노래를 불러본다
사랑하는 사람의 말이 꿈꾸듯 백사장의 파도가 되어 밀
려오고
모래 같은 소망이 달라붙는다

허우적거리는 일상을 끌어 모아
주리를 틀고 있는 가느다란 신음이
파도가 되고 태풍이 된다.

골목어귀에서

가로등 불빛이
쓰레기더미 위에 곤두박질치고 있다

비밀번호를 갖고 있는 발걸음은 재빨리 골목으로 사라
지고, 지렁이의 꿈틀거림처럼 골목은 어둠 속에서 어둠을
해산解産한다

골목의 끝은 어디인가
추락의 끝은 어디인가

사람마다 골목이 같을 수 없듯
어둠은 같을 수 없다

숨죽인 연탄재 옆에서 추위에 떨며 골목을 한참동안 바
라보다가 어둠보다 가벼이 욕망을 내려놓고, 추락이 시작
이고 시작이 추락이라는 걸 알게 되었다

추락하는 건 날개가 있다고 했는데
어둠도 날개가 있을까

어둠을 밝히는 건 불빛이 아니라, 타다만 연탄재가 아니
라, 자유스러운 영혼이란 걸 이 새벽 연탄재처럼 밟혀본 사
람은 안다.

천변에서

해가 서쪽으로 꺾어졌군요
자기 몸을 만지작거리는 사람들이 우르르 몰려나왔네요
물컹한 것과 단단한 것의 차이점에 대해 생각했습니다
매판에 찰흙을 내리치다 보면 적당한 반죽이 됩니다
무엇을 만들 것인가, 어떻게 빚을 것인가

공통점은 건강하고 탄력 있는 몸매입니다

과시하듯 알통을 드러낸 사람들과
가냘픈 몸의 사람들이 교차하면서
추위에 절룩거리는 말을 토해냅니다
아직 완성되지 않은 찰흙이
간밤에 온 눈과 뒤엉켜 길바닥에 도르르 나뒹굽니다
자전거가 반쯤은 쓰러져 짓이기고 갑니다

강바닥에 토해놓은 노을빛이
찰랑거리는 억새의 머리칼을 비스듬히 쓰다듬네요
천변의 풍경은 오늘도 가만히 흐르는데
내 몸매 어때, 감흥에 젖은 사람들만 호들갑을 떱니다

바람에 이리저리 누울 수 있는 억새꽃이
유난히 아름답습니다

빨래와 남자

집으로 돌아오면
땀과 먼지에 전 작업복을 빱니다
빨래를 툭툭 털어 널다 보면
축 처져 있는 어깨를 프리지아 향기가
살포시 안아주는데요
팔은 건조대에 대롱대롱 매달려
철봉운동을 합니다

야夜 한밤

축 늘어진 편안함 때문일까요
덕지덕지 달라붙은 근육통을 지근지근 밟아대는
아내의 무릎에 축 처진 엉덩이가 닿아
피식 웃는데요

베란다에 널려 있는 작업복이
슬쩍슬쩍 곁눈질합니다.

감

소녀의 봉긋한 젖가슴
보일 듯 말 듯 잎사귀 속에서 쑥스럽더니
천둥과 번개 몇 번,
약삭빠른 젊음 같은 거 빗물에 휩쓸려가고

희끗한 서리
들국화처럼 피어날 때

익을 대로 익어버려
거두어 주지 않으면 철퍼덕,
주저앉을 내 사랑.

식탁

　바짝 마른나무를 골라 손질한다 울퉁불퉁한 곳은 대패로 깎아내고 움푹 썩어들어간 부분은 끌로 파내어 본드와 톱밥을 이겨 메워가며 상판을 가다듬는다 휘어지고 뒤틀린 나무는 휘어진 대로 사포로 갈아내며 다리를 만드는데,

　요즘
버팀목이 되어주던 무릎이 조금씩 아프다

　다리는 삐거덕거리지 않게 홈을 파서 맞춘다 식탁에 사포질과 니스칠을 반복하다 보면 어느새 상판에 나뭇결이 살아 올라와 웃음으로 번지고,

　그래, 이 맛에 이 일을 하는 거지

　사치를 부려도 좋을 식탁이 완성되었다

소금꽃

새까맣게 탄 얼굴을 보며
할아버지 같다고 놀려대는 딸의 웃음소리가
하도 맑고 이뻐서, 이런 날은
작업복 등허리에 소금꽃이 피는데
바쁘게 돌아가는 공사 현장의 연장 소리가
맑은 웃음소리가 되어, 스며든 땀방울이
젖었다 말랐다를 반복하면서
소금꽃이 이쁘게도 피는데
그런 날은 삼겹살 한 근 사 들고
집으로 돌아가는 것이다.

유년의 돌멩이

장롱 위의 구부정한 지구본을 꺼내
어깨에 앉은 먼지를 닦습니다

거꾸로 빙빙 돌리며 닦다가
새침해진 지구를 바라봅니다
지구도 나를 바라봅니다

아침보다 빨리 저녁이 오고
해보다 달이 먼저 뜹니다
겨울 다음에 가을이 오고
여름 다음에 봄이 오나 봅니다

꽃이 핍니다
조팝나무꽃이 언덕에 무리 지어 피었습니다
어머님과 형님이 환하게 웃습니다

그토록 쥐고 다녔던 유년의 돌멩이 하나가 태평양에 뚝
떨어집니다
나는 어찌할 바를 모르고 어지럽습니다.

낚시

밤꽃 흐드러진 나무 밑에서
비릿하고 음탕한 생각을 미끼 삼아
출렁이는 산에 낚싯대를 드리운다

지난가을 이곳은
시끌벅적한 웃음소리가 소문을 만들고
아름다운 말들이 도르르 굴러떨어지며
알밤을 잉태하던 곳

쓸쓸히 찌를 올렸다 내렸다를 반복하는데
갓 나온 나무가 몸을 턴다

너구리 한 마리
음흉한 사랑을 꿈꾸며 지나간다.

도레미파솔라시도

도가 레가 되기 위해선 계단을 사뿐 오르면 되리. 레가 미가 되기 위해선 엉덩이의 괄약근을 살며시 조이면 되리. 미가 솔이 되기 위해선 아무 생각 안 하면 되리. 라가 시를 넘어 도가 되기 위해선 가랑이를 벌리며 아이들만 생각하면 되리.

쉬었다가
다시

한 옥타브 올려 낮은음자리표와 높은음자리표의 경계에서 생수로 목청을 가다듬고,

좀 찢어지게
오르락내리락 다그치기도 하고,
말을 알아듣지 못하는 외국인 노동자에게 더 높은 음으로 괴성도 질러보고,

벌써

일당을 허투루 보고 느슨해지는 해거름 녘
도레미파미레도 미파솔도레미
뒤죽박죽 여기저기서 괴성이 흘러나오는데, 악다구니의 음

높이는 부르지 못한 노래가 되어 구부정하게 기울고 있다.

믹스커피

쉬는 시간이면 어김없이
커피를 마신다

먼지 두어 점,
햇살 두어 점 넣어
후후 불어가며 보약처럼 먹는다

지친 몸을 달래가며 먹는 믹스커피는
종이컵에 먹어야 제맛이다

달달함이 온몸에 스며들면
익숙함에 힘이 나는 듯
다시금 망치를 잡는다

잠깐의 보약이
오후를 내리친다.

5부

비애悲哀

아내와 딸을 비밀번호 속에 가두고 나왔다

빈들을 걸었다
들쳐 멘 가방 속엔 지난밤 아내의 잔소리가
차갑게 서릿발로 내려왔다

나하고 잘 맞는
망초, 쑥부쟁이, 질경이, 민들레
이것들은 보이지 않고 퍼질러 앉아 정치하는
양반들을 실컷 욕한다

햇살 저무는 강에 돌을 던지자 산 그림자 출렁이는데
지나가던 바람이 뒤돌아보며 지친 몸뚱이를 일으켜 세운다

호주머니 속 핫팩이 서러울 즈음
비밀번호 속에 가둬둔 아내와 딸은 잘 있는가

소주 한 병
과자 나부랭이를 사들고 퇴근한다.

치약의 관점론

관절이 꺾이고 찌그러져도
평행으로 눕는 한결같은 고단함,
목젖을 간질이며 핑크빛 분비물을 토해낸다

관능적으로 붉은 혀를 훔치고
박박 긁어대면 속살 같은 언어도 내뱉으리

지난밤 잘못 살았노라고 땅을 내리치던 치통이
뉴스에 나오고 댓글에 시달렸다

썩은 이빨은 도모해야 할 일이 많다 하는데
허연 이빨을 볼 수만 있다면 찌그러져도,
찌그러져도 좋으리.

빈집

잡풀이 우거진 마당
허리만큼 자란 개망초가 마당을 휘돌아
맨발로 달려 나온다

마당가 풀 속에 듬성듬성
댕기머리를 동여맨 봉숭아가
보조개 설핏 머금은 누님같이
이제 오냐고, 기다렸노라고 반겨준다

다시는 오지 않겠노라 묻어둔 기억들이
숙제처럼 쌓여 서릿발 같은 아픔을 감추는데
아랫배에 힘주고 뜰팡에 서는 내게
처마 밑 거미가 달려들 기세다

해바라기 대궁이 썩어들던 지긋지긋한 가난이
탱자나무 가시로 일어서는 뒤뜰

감나무는 무심한 듯
부모 얼굴 닮은 나를 보고
서러움에 받쳐 얼굴이 붉다

작업복

부끄러운 몸뚱어리
시장 좌판에서 골라온 옷과 놀아나는 오후
한 다발의 먼지와 땀이
햇볕에 뻣뻣이 깃을 세우고 있다
노동의 끝이 보일 듯 아스라한 저물녘
한 모금의 생수로 목을 축이고
피어오르는 연기와 함께
돌아가는 길

논둑에 퍼질러 앉아 담배를 피워 문다
누가 찾아와 쓰다듬어 주지 않는
질경이, 쑥부쟁이, 민들레, 망초
이것들, 싱거운 것들
땀 냄새 가득한 내 곁에 앉아 있다
나하고 잘 맞는다
편하다

싸구려라서 좋다

술이라는 거

창백한 달이 내려다본다.
굴절된 빛이 심연의 궁극을 가리고 혼돈을 부른다.

이성적이길 원하는 건 가늘 수 없는 그리움이다.
시, 사랑, 돈의 노예가 되어 망각한 카드 값이다.
부정할 때 취기가 오른다.

아내는 속히 돌아오기를 기다린다.
술을 다스리는 조력자들 앞에서 뜨거운 가슴팍 열어 제
치고
"쨍하고 해 뜰 날 돌아온단다" 노래를 부른다.

숙련공이 상처를 발견하는 건 쉬운 일이다.
잔소리는 현장의 아리아다.

더디게 걷는 발걸음은 무디다.
남루하고 초췌한 모습, 어디로 가는 걸까?

운주계곡에서

물이 스스로 길을 내듯
바람도 스스로 길을 만든다

익숙한 길은 길이 아니라 했지
휘몰아쳐 돌아야 큰 둠벙이 생기듯
사람의 길도 그러하리라

술렁이는 매미의 울음소리
자갈길로 떠나는 늦더위를 붙들며
서녘 얼굴 붉은데

꽃잎 떨어지면 그만인 것을,
꽃잎 떨어지면 까불 수 없는 것을
또 한 계절이 스스로 길을 만들고 있다

옹이로 박힌 바람
텃세를 부린다

도배사의 하루

　보문산 모퉁이 셋방 살다 이사 간 방, 천정 여기저기 보물섬이 떠 있다 섬과 섬 사이 거미줄 타래가 다리를 만들고, 사방연속무늬가 맞지 않는 벽은 곰팡이 꽃이 피어 있다

　마른기침 토하며 바닥을 쓸자, 장롱을 놓았던 골 깊은 주름살이 신중하다

　흔들리며 걸어온 일상이 소주병 수만큼 널브러져 있고, 온전한 곳 없는 세간들이 마당 귀퉁이에서 오후의 햇살을 받고 찡그린다

　차라리 잘된 것이여, 새로 장만해야지, 독백처럼 박혀 있는 콘크리트 못을 빼내며 도배를 한다

　벽이 화사하게 피어오른다.

황산벌에서

저 넓은 들판을 바라보아라
푸른 함성이 이리도 큰 것은
끝 긴데 아직도 백제군이 진을 치고 있느냐

녹색의 작은 혀들이 날름거리는 들판에
낮은 포복으로 다가서는
신라군이 있느냐

수많은 생명이 촉수를 내밀고 있는 곳에
태양이 이리도 작렬하는 것은

기필코 터질 것이다
붉게 물들 것이다.

상수리나무 그늘에서

계족산 비래사 오르는 길목,
고추밭의 햇살이 싸 담을 듯 달려든다.

약수터에서 핏발선 말들을 토해낼 때
돌부리에 채이며 뒤따라오던 바람이
구부정한 산허리를 앞질러간다.

절벽 위 상수리나무 그늘에 앉아
이마의 땀을 훔친다.

조무래기 같은 일상을 뒤로한 채 가져보는 여유
버려진 그늘에서 매미는 아직은 살아 있다고,
아직 갈 길이 멀다고 풍경을 그릴 때

나뭇잎 한 장으로 가리지 못하는 부끄러운 얼굴,
서녘 하늘이 붉다.

풍선을 터트렸다

장롱 뒤에 숨어 있던 풍선에서
오래전 불어넣은 호흡이 휴 하고 한숨을 내쉰다

줄어든 풍선에서 튀어 오르려던 농축된 시간은
점점
거칠거나 부드럽게 숨비소리 되어 바위에 못을 박는다

어장을 떠난 자식들은
뭍에서도 허우적거리는데

산다는 것은 어쩌면 숨을 참는 것이다
생의 마지막 모습도 숨을 참는 것일까?

조용히 이별을 기다리던 가구가
폐기물 딱지를 붙이고 나서야 큰 숨을 내쉰다

살아서 거리로 나온 것이다

뭐라 하지요?

집 놔두고 막걸리 놔두고
들판 모롱이 쭈그려 앉아
살랑 살랑대는 것을 뭐라 하지요?

햇볕 한 줌
바람 한 줌
새록 새록거리는 것들을 뭐라 하지요?

쭈뼛쭈뼛
무엇을 새기고 싶어 안달하는 저 숲속 친구들처럼
들판을 외로이 가로질러 가는 저 사내를
뭐라고 다그칠까요.

분꽃

이른 아침 한복을 차려입은 새댁은 신랑 배웅하는 일을
게을리 하지 않았다. 시내에서 살다가 시집왔기 때문에 농
사일은 아는 게 없지만, 총기 있는 새댁이라고 동네사람들
은 칭찬했다.

흉이라도 보면 닭똥 같은 눈물을 흘릴 것 같은 눈망울, 목
을 길게 빼고 동구 밖까지 배웅하더니 이내 시름시름 앓아
누웠다. 동네사람들의 수군거림은 상수리나무 잎새를 흔들
었다. 세찬 소나기가 지나가고 생기를 되찾는가 싶더니 마
당 한쪽에서 거품을 물고 쓰러졌다.

다홍색 저고리와 녹색 치마가
태양 볕 아래서 울고 있었다.

누수

아침부터 호들갑스럽게 전화가 온다

장판에 물꽃이 필 즈음 알게 됐다고, 흥건해서야 알게 됐
다고, 볼멘소리로 하소연을 한다

바닥에서 물을 꺼낸다
바닥에서 물을 캐낸다

금맥을 찾아 바닥을 산더미처럼 뒤집으면 자갈길이 보일까

세간들도 허옇게 먼지를 먹어가며 응원하는데,
상처가 곪아보지 않은 사람 있던가
오래되면 관절도 삐걱거리겠지
엑셀 파이프에 구멍도 생기겠지

여기저기 헤집고서야
혼절하는 물맥을 찾았다

행복을 도배하다

상처를 긁을수록 진물로 묻어나는
살림살이의 증언은 시작되고

구석구석 들뜬 벽지를 떼어 내는데
굳은 딱지를 떼는 것처럼 이리도 시원할까

문 옆에 조무래기들 커가는 눈금을 표시하면서
행복도 덕지덕지 키운 것이겠지
희망도 부풀어 오른 것이겠지

시끌벅적한 웃음소리 집안 가득 배어 있겠네
꼼꼼히 적힌 숫자가 기둥이 되었구나.

풍경화

눈발이 계곡으로 휘몰아쳐
소나무 가지를 우두둑 내리치더란다
이내 숲에서 들로 나오면서 대처로 떠나지 못한
나뭇잎 위에도 소복이 내리더란다

장작은 처마 밑에 쭈그려 앉아
반쯤은 눈에 묻힌 채로 추위에 떨고 있더란다
비워둔 마음 밭엔 바람이 휭 지나가고
한번은 치러야 할 확고한 사랑을 그리며
막막한 겨울을 바라보더란다

장작 패던 사내는 구부정한 모습으로
술에 취해 질퍽거리는 읍내를 헤매다 돌아오고
개 짖는 소리가 동네를 호령하더란다

생솔가지 타는 연기가
동네를 흐릿하게 덧칠하더란다

폐차장에서

삶의 무게에 밀려 넘어온
대화동 고개 폐차장,

한때는 호랑나비 날아드는 개울둑에서, 한때는 위태위태
한 낙하를 꿈꾸며 달리던 시속 160킬로미터의 비명, 이제
는 색 바랜 모습으로 숨 쉬는 것조차 힘겹다.

어딘지 모르는 국도변에 널브러져, 부추겨 넘어온 연료
통에서 바람 빠지는 소리 들리고, 해거름녘 모닥불 지피고
소주를 마시는 인부들 어깨너머로 화장터의 시커먼 연기가
피어오른다.

오징어처럼 납작하게 오그라든 철판은
다시 이승을 꿈꾸는가?

하늘은 눈발인지 빗물인지 자꾸 눈을 가리는데,
터벅터벅 걸어 내려오는 발걸음,

매일 지나는
이 도로가 낯설다.

먹줄로 쓰는 시

— 김종겸 시집 『도레미파솔라시도』

안현심 시인·문학평론가

먹줄로 쓰는 시
— 김종겸 시집 『도레미파솔라시도』

안현심 시인·문학평론가

1.

김종겸 시인은 시「방언」에서 이렇게 말하고 있다.

"알아들을 수 없는 이방인의 말을 하는 사람이 있다. 얼마나 믿음이 강하면 하나님의 언어로 기도를 할까. 나도 하늘에 올려 보낼 소리를 찾느라 끄적거려 보고 읽어보아도 방언은커녕 목멘 소리만 나온다. 나만의 절절한 시는 언제 나올 것이냐."

나만의 소리, 나만의 색깔을 지닌 시를 쓰는 것, 이것은 모든 시인의 소망일 것이다. 지금까지 읊어진 노래가 아닌 나만의 가사, 나만의 음색을 지닌 시를 찾기 위해 자나깨나 고투하는 것이 시인이다. 이러한 고투는 김종겸 시인도 비켜가지 않은 것이다.

김종겸 시인은 공사현장에서 몸 부려 일하는 노동자이

다. 먼지 풀썩이는 현장을 누비는 만큼 그에게 시는 시간적 · 정신적으로 손잡고 가기 만만찮은 존재이다. 하지만 시의 촉수를 거두지 않은 채 육화된 시어로 직조한 그의 시는 가열찬 노동현장을 생생하게 대변한다. 때로는 너무 아프지만, 그 아픔은 미적 언어를 입고 생경한 감동을 이끌어내는 역할을 하고 있다.

시작詩作한 시간이 길고, 치열하게 노력한 만큼 김종겸 시인의 작품세계는 종횡무진 다채롭다. 제한된 지면에 광활한 시세계를 담아내기 어려웠지만, 나름대로 굵은 줄기를 잡아 읽어가기로 한다.

2.

김종겸은 일찍이 '젊은 시' 동인으로 활동하며 시창작의 열정을 불태웠다. 스무 살 초반의 시인 지망생이 동인들과 함께 찾아와 문학을 이야기한 적이 있었다. 그로부터 삼십여 년이 지나 다시 만났지만, 삶의 현장을 누비느라 그동안 시를 놓았었다고 한다. 시는 한번 앓으면 나을 수 없는 지병과도 같은 것, 어찌 아주 잊어버릴 수 있었겠는가. 김종겸의 열정은 다시 불타오르기에 이른다.

잡풀이 우거진 마당
허리만큼 자란 개망초가 마당을 휘돌아
맨발로 달려 나온다

마당가 풀 속에 듬성듬성
댕기머리를 동여맨 봉숭아가
보조개 설핏 머금은 누님같이
이제 오냐고, 기다렸노라고 반겨준다

다시는 오지 않겠노라 묻어둔 기억들이
숙제처럼 쌓여 서릿발 같은 아픔을 감추는데
아랫배에 힘주고 뜰팡에 서는 내게
처마 밑 거미가 달려들 기세다

해바라기 대궁이 썩어들던 지긋지긋한 가난이
탱자나무 가시로 일어서는 뒤뜰

감나무는 무심한 듯
부모 얼굴 닮은 나를 보고
서러움에 받쳐 얼굴이 붉다
—「빈집」전문

시인은 특히 유년의 공간에 영혼을 저당 잡힌 사람이다.
이때의 유년은 생기발랄하고 풍요로운 게 아니라 허기지
고, 쓸쓸한 눈동자를 지니고 있는 것이 대부분이다. 그러한
영혼에 대한 연민이 시를 쓰게 하는 원천이 되는 것이다. 결
핍이 클수록 그것을 극복하기 위해 애를 쓰게 되고, 그러한
자화상을 들여다보다가 연민이 싹트는 지점에서 시가 탄생
하는 것이다. 시인이 자신의 생가를 확인하려고 하는 것은
이러한 심리 때문이다.

생가를 찾아가면 허기진 가슴이 채워질 것만 같았는데, 가난한 마당을 뒹굴던 혈육은 온데간데없고, 더 큰 슬픔만 밀려온다. 개망초 우거진 마당에서 "듬성듬성/ 댕기머리를 동여맨 봉숭아가" 누님인 듯 반겨줄 뿐이다. 아픈 기억을 누른 채 "아랫배에 힘주고" 올라서는 뜰팡, 처마 밑 거미가 왜 이제 오느냐며 달려들 기세다. "해바라기 대궁"마저 "썩 어들던 지긋지긋한 가난이/ 탱자나무 가시로 일어서는 뒤 뜰"에서 "부모 얼굴 닮은 나를 보고" 감나무가 눈시울을 붉힌다. 아무리 부인해도 내 몸엔 이들의 유전자가 숨 쉬고 있는 것이다.

이 시는 김종겸 시인이 본격적인 시세계로 들어서기 위한 관문과도 같은 성격을 지닌다. 작품성을 따지기에 앞서 김종겸이란 시인을 잉태하고 길러낸 자궁이기에 간과할 수가 없다.

아버지를 아버지라고 불러본 적이 없다

홀딱 벗고 뛰어놀던 다섯 살의 어느 칠월
아버지는 하늘나라로 올라가셨다

아버지가 내 입에 사탕을 물려준 건
초등학교 여름방학

"맴맴맴맴 매미 소리가 즐겁게 퍼질 때 성경학교 기다
리는 곳"

그곳에서 아버지를 처음 불러봤다

사탕을 주시는 아버지가
거기 계셨다
— 「아버지」 전문

    김종겸 시인의 결핍의식은 "홀딱 벗고 뛰어놀던 다섯 살
의 어느 칠월" 아버지가 "하늘나라로 올라"간 이후 더욱 깊
어졌을 것이다. 아버지의 존재를 체감하지 못하고 자라다
가 "아버지가 내 입에 사탕을 물려준 건/ 초등학교 여름방
학// 맴맴맴맴 매미 소리가 즐겁게 퍼질 때 성경학교"에서
다. "사탕을 주시는 아버지가/ 거기 계셨"던 것이다.
    시 「아버지」는 교회에서 부르는 '하나님 아버지'와 실제
아버지의 의미를 교차적으로 오가며 아릿한 감동을 불러
온다. 시인은 교회에서 '아버지'라는 호칭을 마음껏 불러보
고, 사탕도 얻어먹으며 아버지의 큰사랑에 빠져들었던 것
이다. 아버지의 부존재에 의한 결핍의식이 시를 쓰도록 추
동했을 것이라는 측면에서 이 작품 역시 김종겸이 시인이
되는 데 중요한 지점을 차지한다고 하겠다.

장롱 위의 구부정한 지구본을 꺼내
어깨에 앉은 먼지를 닦습니다

거꾸로 빙빙 돌리며 닦다가
새침해진 지구를 바라봅니다
지구도 나를 바라봅니다

아침보다 빨리 저녁이 오고
해보다 달이 먼저 뜹니다
겨울 다음에 가을이 오고
여름 다음에 봄이 오나 봅니다

꽃이 핍니다
조팝나무꽃이 언덕에 무리 지어 피었습니다
어머님과 형님이 환하게 웃습니다

그토록 쥐고 다니던 유년의 돌멩이 하나가 태평양에 뚝
떨어집니다
나는 어찌할 바를 모르고 어지럽습니다
　　　　　―「유년의 돌멩이」 전문

　시인은 어느 날 "장롱 위의 구부정한 지구본을 꺼내/ 어
깨에 앉은 먼지를 닦"는다. "거꾸로 빙빙 돌리며 닦다가/
새침해진 지구를 바라"보는데, 지구는 왜 새침해졌을까?
그것은 아마도 자연의 순리에 어긋나도록 거꾸로 돌리며
닦았기 때문일 것이다. 지구본을 거꾸로 돌렸더니 "아침보
다 빨리 저녁이 오고/ 해보다 달이 먼저" 뜨는가 하면, 계절
도 거꾸로 돌아 "여름 다음에 봄이" 와버린 듯, 돌아가신 어
머니와 형님이 조팝나무꽃으로 피어 환하게 웃는다. 마지
막 연의 "그토록 쥐고 다니던 유년의 돌멩이 하나가 태평양
에 뚝 떨어"졌다는 형상화는 유년을 잃은 안타까움을 표현
한 것이 아닐까, 짐작해본다.

지구본을 거꾸로 돌렸더니 시공간조차 거꾸로 운행되었다는 상상력, 신선하고도 탁월한 발상이 아닐 수 없다. 시인은 돌아가신 어머니와 형님을 소환해오기 위해 지구본을 거꾸로 돌리는 행위를 도입한 것이다. 어머니와 형님은 함께 살던 빈집과 함께 그리움의 대상이기 때문이다. 유년은 돌아갈 수 없는 신화적 공간이 되었지만, 이렇게 해서라도 만나보고 싶은 간절함이 시의 행간에 숨 쉬고 있다.

3.

시인은 이성보다는 감성에 지배당하는 사람, 빈틈없는 생활인이기보다는 천진스런 어린애의 심성을 지닌 사람이다. 그래서 시인은 성공한 기업인이 될 수 없고, 정치인도 될 수 없다. 만약 성공한 사업가가 시를 쓴다면, 심금을 울리지 못하는 가식적인 말잔치에 머물고 말 것이다. 시는 직접체험을 육화한 언어가 형상화되었을 때 그 공감력이 크기 때문이다.

옥타비오 파스는 '치명적 도약'을 거친 존재만이 참 시인이 될 수 있다고 말했다. 치명적 도약이란, 죽음과 견줄 정도의 나락으로 떨어져본 자의 경험을 말한다. 나락으로 떨어졌지만 다시 일어선 사람, 일어서서 긍정과 연민으로 세상을 끌어안는 사람만이 참 시를 쓸 수 있다. 거짓과 위선이 판치는 세상에서 참 시인이 존립하는 것은 그만큼 어려운 일이다.

여보,

이거 한번 읽어 봐

아내에게 툭 던진 시

들릴 듯 말 듯 지나가는 바람 소리,

시에서 쌀이 나와 돈이 나와

목련 꽃잎이 주눅 들었다

그래도

살아보겠다고 펄쩍펄쩍 뛰는

저것들

　　　　　— 「꽃샘추위」 전문

　이와 같은 이유로 시인은 늘 고독하다. 일가친척은 물론 부모와 자식으로부터도 진정한 응원을 받지 못하는 경우가 대부분이다. 생활인의 시각에서 볼 때, 시인의 행위는 물가에 내놓은 어린애 같을 것이기 때문이다. 시 「꽃샘추위」에는 이와 같은 시인의 정체성이 잘 드러나 있다.

　시인은 아내가 읽어주기를 바라며 시를 내밀어보지만, 스치는 바람처럼 "들릴 듯 말 듯"한 목소리로, "시에서 쌀이 나와 돈이 나와" 한다. 그 말 한마디에 "목련 꽃잎"은 주눅이 들고 만다. 호기를 부려보았지만, 꽃샘추위를 만난 목련 꽃잎이 되어버린 것이다. 여기서 '목련 꽃잎'은 '시'를 은유하기도 하고, '시인'을 지칭하기도 한다. 마지막 연의 "그래도/ 살아보겠다고 펄쩍펄쩍 뛰는/ 저것들"이란 형상화에는 박수 받지 못하면서도 시를 포기할 수 없는 몸부림이 동물적 이미지로 표현되어 있다.

이 시를 이해하려면 표면적인 의미에 함몰되지 말아야 한다. 시는 본질적으로 역설과 아이러니를 지향하기 때문에 표현된 대로 해석하면 안 된다는 것이다. 문자 너머의 진실에 집중하다보면 아내의 은근한 사랑을 인지할 수밖에 없을 것이다.

저녁밥을 먹고 난 뒤 사과를 깎고 있는 아내 앞에서
무릎 꿇고 사과를 한다

무엇을 잘못했는지 알지 못하는 사과 껍질은
두껍게 반쯤 잘려나가고
시시콜콜 화를 내는 것이 안쓰러워 무조건 사과를 한다
사과를 한 입 베어 문 아내의 혀에서 사과가 도르르 굴러 나왔다

이 도둑놈아

안절부절, 거실 바닥을 굴러다니던 사과가 주방으로 갔다
무엇이 대수냐는 듯 당차게 설거지를 한다
—「갱년기」 전문

아내의 만류를 뿌리치고 나가서
술값만 계산하고 왔다
노래방비도 냈다

카드 영수증을 본 아내가 버럭 화를 내며
술을 처먹을 거면 처음부터 같이 먹든지

당신은 호구야
이 등신아
―「수담 9」 일부

인용한 두 작품도 「꽃샘추위」와 동일한 맥락에서 읽을 수
있다. 먼저 「갱년기」를 보면, "저녁밥을 먹고 난 뒤 사과를
깎고 있는 아내 앞에서/ 무릎 꿇고 사과"하는 화자가 등장
한다. "무엇을 잘못했는지 알지" 못한 채 "시시콜콜 화를 내
는 것이 안쓰러워 무조건 사과를" 한다. 이때, "사과를 한
입 베어 문 아내의 혀에서" 사과가 "도르르 굴러" 나오고,
굴러 나온 사과는 "이 도둑놈아"라는 호통으로 환유되기
에 이른다. 어찌할 줄 모르고 거실 바닥을 굴러다니던 사과
는 주방으로 가서 설거지를 하는데, 이때의 사과는 화자 자
신이다.
　이 시는 언어유희를 도입해 '사과'의 의미를 노련하게 주
무른다. 제1연에서는 '과일'로서의 사과와 '잘못을 비는' 사
과가 변주되면서 이중적으로 읽히도록 장치해놓았다. 사과
는 잘못을 비는 '행위'임과 동시에 잘못을 비는 '행위자'로
변이되기도 하면서 다양한 의미를 생성하고 있다.
　「수담 9」는 저녁을 먹다가 친구들이 불러준 것이 고마워
아내의 만류를 뿌리치고 나가는 화자가 등장한다. 술값과
노래방비까지 내고 와서는 지청구 듣는 장면이 앞의 작품

과 동일한 맥락을 점하며 '삶이란 무엇인가'라는 화두를 던져준다.

인간은 본질적으로 이성보다 감성에 친화력을 느끼지만, 사회생활에 최적화된 가면을 쓴 채 본성을 감추고 살아간다. 따라서 독자들은 부끄러운 부분조차 진솔하게 표현한 시를 읽을 때 내 일인 듯 공감하는 것이다. 삶의 형태는 별반 차이가 없는 것, 화자와 같은 일을 경험했거나, 앞으로 경험할 개연성이 있기 때문에 자신의 고백인 듯 대리만족할 수밖에 없다.

4.

김종겸의 시는 노동현장을 소재로 삼거나 현장에서 깨달은 것을 주제삼아 쓴 작품이 대부분을 차지한다. 시「바비인형」은 그 중 대표작으로서 고된 노동 중에도 미적 시각을 잃지 않으려는 노력이 돋보이는 작품이다.

> 기계의 열기가 먼지를 모으고
> 소용돌이치는 블랙홀 속에서
> 햇빛이 파벽을 향해 시위를 당기는데
> 저만치 나자빠진 폐 콘크리트 덩어리를 바라보노라면
> 어느 행성의 보석이었나,
> 허공을 유영하던 파편에서 반짝 빛이 난 것도 같은데
> 길거리에서 건들거리는 양아치 같기도 해서
> 함부로 대드는 삽질이 서글프기만 하다

칼칼해지는 목에 그늘이 들고
가슴속 한숨 소리가 철커덩 발 앞에 떨어지면
그래도 이것들 환한 웃음소리가 자꾸만 밟혀
밖에 나가 맞서는 바람이 그렇게 맛있을 수가 없다

들숨보다 날숨이 많아지는 날엔
벽 속에서 바비인형이 나오고
어린 새싹이 나온다.
—「바비인형」 부분

시 「바비인형」의 앞부분은 다음과 같이 함축할 수 있다.
"해머드릴이 벽을 헤집고 있을 때, 금간 벽 사이에 둥지를 튼 푸른 이끼가 안 떨어지려고 안간힘을 쓰다가 풀썩 주저앉는다. 팔다리가 부들부들 떨리고 헉헉거리는 숨소리, 초점이 사정거리에서 벗어나면 시멘트 파편이 튕겨 올라 얼굴을 때린다. 망치로 내리쳐야 떨어지는 것들의 고집스러움도 잠시, 웅성거림 속에서 철근이 뽀얀 얼굴을 내밀면, 덜 깬 모습으로 잘 다녀오시라고 인사하는 딸처럼 햇살이 자잘하게 부서진다."
이 시의 백미는 "저만치 나자빠진 폐 콘크리트 덩어리를 바라보노라면/ 어느 행성의 보석이었나/ 허공을 유영하던 파편에서 반짝 빛이 난 것도 같은데"라고 형상화한 부분이다. 해머드릴과 망치로 떼어낸 폐 콘크리트는 형상이 험악할 것인데, 그것을 어느 행성의 보석이었을 거라고 생각하는 미적 안목이 예사롭지 않다는 것이다. 이러한 형상화는 강한 긍정의 마음 혹은 연민의 눈을 지니지 않고서는 불가능하다.

마지막 연의 '들숨보다 날숨이 많은 날'은 떼어낸 폐 콘크리트가 많은 날, 즉 노동의 양이 많은 날을 의미한다. 그런 날은 "벽 속에서 바비인형이 나오고/ 어린 새싹이" 나온다고 형상화하고 있다. 바비인형은 눈이 크고 예쁜 인형인데, 어떻게 부서진 벽 속에서 인형이 나올까. 바비인형은 시멘트 벽 속에서 뿌얀 얼굴을 내미는 철근을 은유하기도 하고, 잠이 덜 깬 모습으로 잘 다녀오시라고 인사하는 딸의 얼굴이기도 하며, 어느 행성의 보석을 환유하기도 한다.

또 '어린 새싹'은 새로운 출발을 의미하므로, 부서지는 벽은 '폐허'가 아니라 '아름다운 재건'을 꿈꾸고 있는 것이다. 김종겸 시인처럼 현장 일꾼이 아니면 절대로 끌어올 수 없는 상상력이라고 하겠다.

쉬었다가
다시

한 옥타브 올려 낮은음자리표와 높은음자리표의 경계에서 생수로 목청을 가다듬고,

좀 찢어지게
오르락내리락 다그치기도 하고,
말을 알아듣지 못하는 외국인 노동자에게 더 높은 음으로 괴성도 질러보고,

벌써

일당을 허투루 보고 느슨해지는 해거름 녘
도레미파미레도 미파솔도레미
뒤죽박죽 여기저기서 괴성이 흘러나오는데, 악다구니의
음높이는 부르지 못한 노래가 되어 구부정하게 기울고 있다.
　　　　—「도레미파솔라시도」 부분

　리모델링을 순조롭게 끝내기 위해서는 음계를 밟아 올라
가듯 차근차근 진행해야 하는데, 시 「도레미파솔라시도」는
그 방법을 구체적으로 제시하고 있다.
　"도가 레가 되기 위해선 계단을 사뿐 오르면" 되고, "레가
미가 되기 위해선 엉덩이의 괄약근을 살며시 조이면" 되며,
"미가 솔이 되기 위해선 아무 생각 안 하면" 되지만, "라가
시를 넘어" 높은 "도가 되기 위해선 가랑이를 벌리"고 "아
이들만 생각하면" 된다는 형상화이다. 일을 시작할 때는 숨
을 가다듬고 괄약근만 조이면 되지만, 노동 시간이 길어져
지쳐갈 때는 '아이들만 생각하면' 된다는 형상화가 눈에 띈
다. 힘든 노동을 견디게 하는 아이들, 결국 김종겸 시인도
가장일 수밖에 없다는 사실이 인지되는 부분이다.
　높은 도에 이르면 잠시 쉬었다가 생수로 목청을 가다듬지
만, 이후에는 좀 찢어지는 소리가 나오기도 하고, 뒤죽박죽
다그칠 뿐 아니라 "말을 알아듣지 못하는 외국인 노동자에
게"는 괴성을 지르기도 한다. 그러다가 해거름엔 지치고 늘
어져 음계가 뒤죽박죽되어버린다는 형상화이다.
　음계의 법칙을 도입하여 아침부터 해거름까지의 노동현

장을 음악적으로 표현한 기법이 돋보이는 작품이다. 시멘트를 깨부수는 현장 이미지와 음악 이미지는 매우 상반적이지만, '낯설게 하기' 기법처럼 서로 다른 이미지를 연관시킴으로써 신선함을 배가한 것이다. 이것은 시「바비인형」에서 폐 콘크리트 속에서 바비인형이 나왔다고 표현한 것과 동일한 맥락의 기법이라고 하겠다.

한편, 시「목수들」은 "수평선이 왜 촌구석으로 왔는지 생각하며 땀을 훔치는데/ 그 짠 것이 눈으로 뛰어 들어와/ 발을 헛디딘 심씨가 사다리에서 떨어지고" 만다. "아픈 곳은 없는지, 부러진 데는 없는지/ 생수 한 모금 먹이며 토끼눈을 뜨는데,/ 심씨는 수직과 수평이 만나는 구석으로 가더니/ 담배를 한 모금 빨며 씩 웃는다// 심씨는 순간, 찰랑찰랑한 고향바다를 떠올렸을 것"이라고 형상화되고 있다.

건축 일을 할 때 목수들은 수직과 수평 맞추기를 원칙으로 여긴다. 수직과 수평을 추구하는 목공 원리에 착안하여 수평적인 고향바다의 출렁임을 도입하고, 방구석을 수평과 수직이 만나는 접점으로 형상화한 기법 역시 김종겸 시인이 아니면 불가능하다. 공사현장에서 몸으로 체득한 언어는 누구도 흉내 낼 수 없기 때문이다.

바닥에 널브러진 자재 사이
땀범벅 된 몰골을 빤히 올려다보는 못,
찬찬히 안경 너머로 내려다보는데
비아냥거리듯 다리를 꼬고 누워 있는 꼴이
영락없는 양아치다

어디서 철거되어왔는지
어느 벽에서 액자를 모시다 왔는지
독기를 내뿜으며 반쯤 닳은 대가리를 들이대는데

어디서든 진득하니 잘 살라고
휘어진 다리를 망치로 툭툭 내리쳤더니
관절의 통증이 내 손가락으로 전해져온다

연장통에 집어넣는다,

머리통 세게 얻어맞더라도
다음에 제대로 한번 붙어보자고
　　　　　　—「못」부분

　　"인부들이 우르르 담배 피우러 나가"자 화자도 "아무렇
게나 포개진 박스 더미에" 포개져 누워 있는데, "널브러진
자재 사이"에서 못이 "땀범벅 된 몰골을" 빤히 올려다본다.
안경 너머로 찬찬히 살펴보자 "비아냥거리듯 다리를 꼬고
누워 있는 꼴이/ 영락없는 양아치다".

　　국어사전에서는 '양아치'를 '품행이 불량한 사람을 일컫
는 말'이라고 설명하고 있다. 다리를 꼬고 있는 듯 휘어진
못을 보고 양아치라고 표현한 것은 못을 인격체로 인식해
대화를 시도하는 모습이라고 할 수 있다. 김종걸의 작품 속
에서 공사현장에 동원된 연장들은 자주 의인화되는데, 그
것은 같이 일하는 사물조차 동료라는 인식이 반영된 것이
라고 할 수 있겠다.

어디에 박혀 있다가 철거되어 왔는지 모르지만, 다른 곳에 가서도 잘 살라면서 휘어진 다리를 잡아주는 것은 연민의 마음이 투사된 행위라고 볼 수 있다. 또, 다음에 한번 제대로 붙어보자고 말한 것은 바로잡은 못을 다른 곳에 박아주겠다는 의미일 것이다. 양아치 같은 못을 바로잡아 올바르게 쓰겠다는 형상화에서 타인이 잘 되기를 바라는 인간됨을 유추할 수 있다.

시인의 공구에 대한 깊은 관심은 「멍키 스패너」에서 다음과 같이 형상화하기에 이른다.

"믿음이 가는 수공구가 있다/ 연장통에서 우두머리인 멍키 스패너다". "멍키 스패너는 수도꼭지를 교체할 때나/ 볼트를 조이고 풀 때도/ 제 몸으로 일한다". "시켜도 할 줄 모르는 사람/ 할 줄 알면서도 안 하는 사람이 있는데/ 알아서 최선을 다하는 사람,// 나는 오늘 그 사람과 술을 마신다/ 입맛에 짝짝 맞는".

이 작품에서도 사물과 사람을 구별하지 않는 김종겸의 시세계를 엿볼 수 있다. 자동화된 세상에서 아날로그적으로 일하는 멍키 스패너, 느리지만 알아서 최선을 다하는 사람을 시인은 좋아하고, 그런 사람과 술을 마시면 입맛이 짝짝 맞을 뿐 아니라 앞으로도 짝꿍이 되어주기를 간절히 바랄 것이다.

이 외에도 시 「믹스커피」를 보면, 쉬는 시간이면 어김없이 먼지 두어 점, 햇살 두어 점 넣어 후후 불어가며 보약처럼 믹스커피를 먹는다. 몸을 달래가며 먹는 믹스커피는 종이컵에 먹었을 때 제 맛이며, 그 달달함이 스며들면 다시금 망치를 잡고 오후를 내리친다고 언급하고 있다. 공사현장을 뛰는 사람만이 길어 올릴 수 있는 '날것이미지'는 김종겸을 특별한 시의 주인으로 탄생시킨 것이다.

인문학을 전공하고 책걸상에서 일하는 사람이 시를 잘 쓴다고 생각할지 모르지만, 전혀 그렇지 않다. 전 세계 문학도들의 필수 이론서 『촛불의 시학』, 『공기의 꿈』 등을 집필한 '가스통 바슐라르'도 물리학자였다. 문학과 거리가 먼 학문을 했거나 몸 부려 일하는 노동자는 생경한 상상력으로 누구도 발견하지 못했던 '바비인형'을 찾아낼 수 있는 것이다. 그러한 측면에서 김종겸은 매우 유리한 고지에 서 있다고 하겠다.

5.

시인은 대부분 사회의 중심에 들어서지 못한 채 변방을 서성이는 사람이다. 아니, 스스로 변방을 벗어나지 않는지도 모른다. 맑고 순수해야 하는 시세계의 특성상 소외된 것들 즉, 변방을 사랑하는 것이 시인이기 때문이다. 김종겸 시인 역시 "변방에는 차가운 바람이 쌩 지나가고/ 알고 지냈던 여인이 쓸쓸히 걷고 있을 것 같은 생각,/ 난 이 단어가 아련해서 좋다"고 언급한바 있다(「변방에서」).

이러한 변방의식은 '중고의식'으로 변이되기도 하는데, 시 「나도 중고다」에서는 이렇게 피력하고 있다. "우리가 사는 세상은 중고투성이, 수돗물도 중고다. 햇빛도 중고다. 일억 오천만 킬로미터를 거쳐 오면서 각이 꺾여 식을 대로 식어버렸다. 하지만 낡은 것이 세상을 따뜻하게 한다. 낡은

바람이 앞산 참나무를 흔들어 깨우고, 들녘의 미루나무를
어루만지다가 내게로 와서 땀을 식혀준다."

　새것이 아닌 중고가 세상을 따뜻하게 하고, 낡은 바람이
앞산 참나무를 흔들어 깨운다는 역설적 아이러니가 빛을
발하는 작품이다.

　공사현장을 누비며 혼신을 다해 일하지만, 이 일을 언제
까지 할 수 있을지 궁금하기만 한데, 시인은 그 궁금증을 신
발에게 묻는다. 여기, 거짓 없이 아름다운 시 한 편을 선보
이며 글을 마무리하고자 한다.

　　식당에 들어서는데
　　신발이 아무렇게나 포개져 있다

　　신발에 페인트가 묻어 있으면 페인트공이고
　　백시멘트가 묻어 있으면 타일공이며
　　본드가 묻어 있으면 도배공일 터,
　　목수의 신발은 그래도 깨끗하다며 들이미는데
　　굽이 닳은 운동화가 왜 건드리냐면서 콜록거린다

　　신발장에 들어가지 않고
　　낮은 곳에 엎드려 살겠노라며
　　이곳저곳 누비다가 여기까지 왔다

　　복사꽃 피면 쉴 수 있을까
　　정년이 한참 지난 신발에게 길을 물었다
　　　─「신발에게 물었다」 전문

김종겸 시인의 첫 시집 발간을 진심으로 축하한다. 앞으로는 몸도 살펴가며, 더욱 아름다운 시세계를 열어가기 바란다.

김 종 겸

김종겸 시인은 1967년 대전에서 출생했고, '젊은시' 동인으로 작품 활동을 시작했다. 2020년 계간 『애지』 신인문학상으로 등단했고, 2022년 제1회 '시삶문학상'을 수상했다. 한샘 리하우스 도안 대리점 대표이며, 시삶문학회동인, 애지문학회동인으로 활동 중이다.

김종겸 시인은 공사현장에서 건축 일을 하는 노동자이며, 그의 첫 번째 시집인 『도레미파솔라시도』는 그가 노동현장에서 '먹줄로 쓰는 시'라고 할 수가 있다. 표제시인 「도레미파솔라시도」는 음계의 법칙을 도입하여 아침부터 해거름까지 노동현장을 음악적 기법으로 표현한 수작이라고 할 수가 있다.

이메일 kimgyeom9001@naver.com

김종겸 시집
도레미파솔라시도

발 행   2025년 6월 10일
지 은 이   김종겸
펴 낸 이   반송림
편집디자인   반송림
펴 낸 곳   도서출판 지혜, 계간시전문지 애지
기획위원   반경환
주   소   34624 대전광역시 동구 태전로 57, 2층 도서출판 지혜
전   화   042-625-1140
팩   스   042-627-1140
전자우편   eji@ji-hye.com
              ejisarang@hanmail.net
애지카페   cafe.daum.net/ejiliterature

ISBN   979-11-5728-574-7   03810
값   12,000원

* 본 도서는 충청남도, 충남문화관광재단의 후원으로 발간되었습니다.